C'EST FOU, UNE FILLE…

Née en 1951, Marie Billetdoux a commencé sa carrière en tant que monteuse au cinéma et a réalisé un long-métrage, *La Femme enfant*, en 1980. Sous le nom de Raphaële Billetdoux, elle a publié plusieurs romans, dont *Prends garde à la douceur des choses* (prix Interallié 1976) et *Mes nuits sont plus belles que vos jours* (prix Renaudot 1985). Elle choisit, depuis 2006 et *Un peu de désir sinon je meurs*, d'écrire sous le nom de Marie Billetdoux.

Paru dans Le Livre de Poche :

UN PEU DE DÉSIR, SINON JE MEURS

Sous le nom de Raphaële Billetdoux

MES NUITS SONT PLUS BELLES QUE VOS JOURS

MARIE BILLETDOUX

C'est fou, une fille...

ROMAN

ALBIN MICHEL

ISBN : 978-2-253-12462-7 — 1re publication LGF

Aux nouvelles amoureuses

« J'écris pour que le jour où je ne serai plus
On sache comme l'air et le plaisir m'ont plu. »

Anna DE NOAILLES

I

L'année était bien engagée déjà. Outre le vent et la pluie parfois, gris uniformément jour après jour était le ciel.

De la lumière, il en demeurait peut-être dans le crâne des paysans qui, l'hiver, pensent à l'été, de quelques aliénés, par fulgurances, de quelques religieux en leur glorieuse solitude, et pour ceux qui l'avaient rejointe en avion, au-dessus des nuages...

Mais, pour ceux qui passaient leurs journées dans des bureaux comme pour ceux qui, dans les hôpitaux et les prisons, vivaient les yeux rivés à la fenêtre, il était devenu impossible de se souvenir de l'existence de la lumière telle qu'elle peut, en un instant, inonder la terre. Il semblait à chacun au contraire que, définitivement et par définition, le gris était la couleur de la vie.

La pluie avait recommencé à tomber. Ils allaient bientôt reprendre conscience, l'entendre tapoter sur le trottoir, puis se découvrir nus par terre, dans les bras l'un de l'autre.

C'était l'heure où, une à une sur cette moitié du monde, un peu partout, les lampes s'allument, l'heure où vient vibrer sur les vitres des façades le grondement du moteur des autobus, l'heure où le sentiment que quelque chose se termine vient secourir celui de n'avoir encore rien fait.

Tout au fond de cette grisaille, sous le fatras des grands coussins qu'à deux au cœur de la ville, elle autant que lui, ils avaient pour eux-mêmes jetés à la hâte, on aurait pu trouver aussi bien, fiévreuse et mouillée, s'attendant à être félicitée, une présence animale, que cette forme laissée par leurs corps non encore détachés.

Un événement avait eu lieu. L'air de la petite pièce en désordre se remettait à peine des sonorités qui l'avaient agité.

Repliée, en sueur, éphémère et attaquable, la forme faiblement respirait dans la pénombre. Pour quelques minutes encore, elle gisait en deçà du savoir humain. Deux sombres ailes à tout moment, comme d'une chauve-souris, eussent pu s'en déployer et l'emporter dans le crépuscule.

L'histoire retenait que c'était là, entre ces coussins si grands qu'ils avaient dû lutter avec eux en même temps comme avec des curieux attroupés, que c'était là, sans plus guère se demander ce qu'ils penseraient ensuite l'un de l'autre, là, pour au moins ne plus y penser, là, comme des milliards de bêtes et d'hommes avant eux avaient fait, mais sûrs, en le faisant, d'être les seuls et les premiers à faire comme ils faisaient que, pour la première fois, ils s'étaient accouplés.

Leurs membres par sursauts remuèrent... Un corps massivement bascula sur le côté. Le froid la hérissa toute, ses mains à tâtons cherchèrent à ramener sur elle des habits, mais lui, un peu plus loin, jambes étalées, bras jeté à l'envers tel le moissonneur à l'heure de la sieste :

– Je n'ai pas été heureux comme ça depuis des années, dit-il.

Ils revenaient à eux et tout était neuf, on eût dit qu'ils avaient été pendant leur sommeil transportés à l'étranger. Chaque minute maintenant, comme une enfance recommencée, serait sensation inconnue, miniviolence, adaptation. Ils découvraient combien ils avaient été jusque-là maltraités, ignorés, inadmissiblement bafoués, ils sentaient refluer à la gorge le scandale de toutes les croyances qui les avaient limités, et tous les leurres avec quoi on les avait occupés. Honteux seulement d'avoir failli accepter aussi peu toute une vie, honteux d'avoir été si longtemps sans croire, ils surent qu'ils ne relevaient plus du grouillement général, ils étaient devenus une force en marche.

La gratitude à l'idée de ce qu'ils laissaient derrière eux se mêlait à l'éblouissement de se retrouver soudain, fût-ce à même le sol sur ce tapis de bureau, eux que rien ne prédestinait à l'exception, parmi les élus de la chance. Soixante milliards de morts manipulaient six milliards d'individus, les obligeaient à répéter indéfiniment leurs échecs, ils n'étaient plus des marionnettes, ils s'en sortaient par le haut… Cette chance, ils allaient la saisir, nom de Dieu, modeler le monde à leur idée. La vie, la vie avec son parfum d'huîtres, ses pleurs de gosses, son beau temps, ses marchands, la vie avec son goût de sang, sa ferraille, ses mégapoles, son beurre à l'ail, ses primevères, ses grosses averses, simple émanation de leur foi nouvelle, serait leur création. De douloureux élans de grâce s'emparaient d'eux pour l'existence avérée, déjà, des frites, du vin, du bitume, de la vitesse, de tout ce que l'homme avait inventé après avoir bien fait l'amour, ils se prenaient à désirer comme rarement se lever à leur tour pour accomplir leur part, ils se voyaient attraper le globe à deux bras comme un ballot de foin, d'avance ils acceptaient, ils souhaitaient même, ils remerciaient pour ce qui les attendait d'éprouvant et de difficile. Rien, d'ailleurs, ne serait plus, ne pourrait plus être ni triste, ni difficile, rien n'avait été dit, n'avait été fait comme – uniques après tout dans l'humanité par leurs gènes et leurs empreintes, uniques plus encore maintenant par la coalition de ces gènes – ils sentaient qu'ils le diraient, le feraient désormais...

Ils diraient à père et mère notamment que c'était fini, ils en avaient fini avec la jacasserie, le ressassement, les ergotages et les vieilleries, fini avec les fautes et les excuses. Bras dessus, bras dessous, à des années-lumière de ce qui, hier, était le lot commun, ils signifieraient à tous ce qu'ils avaient compris, et que deux, maintenant, ils étaient deux : à vouloir toucher l'un, on trouverait l'autre...

Tout, j'aime tout de toi, même ce que tu n'aimes pas chez toi, je l'aime... Je désespérais de rencontrer une femme comme toi, avant toi j'étais mort, j'étais en train de mourir, c'est une femme comme toi que je veux, avec toi tout est différent, je t'attendais, je t'aime, j'ai envie de toi, j'ai besoin de toi, j'ai besoin de toi pour toujours, c'est fou la force que tu dégages, tu rayonnes, tu rayonnes littéralement, aucune femme avant toi ne m'a fait cet effet-là, avec toi, c'est incroyable, je m'aime, j'ai tellement de mal à croire qu'on puisse m'aimer, il y a de la lumière, de la grandeur en toi, tu me plais, tu me rends à moi-même, je n'imaginais pas que tu pouvais être aussi douce, avec toi je suis moi, avec toi, je peux être moi, j'ai toujours cru que je n'étais pas aimable, personne n'a su, comme toi, accéder à mon intimité, une seule, une fois, peut-être, mais je ne l'aimais pas, c'est une comme toi que j'espérais, je ne veux pas passer à côté d'une femme telle que toi, je ne veux jamais te perdre, je t'aime partout, je t'aime en entier et pour toujours, tu peux faire de moi ce que tu veux, tu es une grande dame, rien ne pourra entamer un amour comme celui que je ressens, je me connais, c'est la première fois que j'aime vraiment, je n'ai jamais aimé quelqu'un comme ça, je t'aime, je suis à toi, tout, tout ce que, depuis toujours, elle rêvait d'entendre tandis que gros, dur, entêté, persistant était le sexe qui faisait sa connaissance, elle l'avait entendu.

J'ai eu si peur que ton corps n'aille pas avec le mien, que ta peau, le grain de ta peau ne me plaise pas, c'est très important le grain de la peau pour moi, j'aime, j'ai besoin que ce soit lisse ici, ici, et puis là, tant de filles à cet endroit ont la peau rêche, j'avais peur, je ne sais pas, que tu fasses un geste, une demande tout à coup qui me choque ou me rebute, je n'étais pas sûr que tes seins soient comme j'espérais, je me suis posé tellement de questions, on ne voit pas bien, vu la façon dont tu t'habilles, la forme qu'ils ont, il y a des seins, comment dire, ils font vulgaires, je n'aime pas que le bout en soit sorti avant qu'on le touche, il y a des seins dont les bouts, tu ne peux pas le savoir, toi, mais sont tout le temps saillants, il n'y a pas, comme avec les tiens, le plaisir de les faire surgir sous la pulpe mouillée comme deux couteaux à marée basse, tu sais ? sous la pincée de gros sel qui leur fait croire que la mer est revenue, je n'aime pas les femmes-femmes, j'aime les femmes, comme toi, qui ont l'air d'une fille, les femmes qui font filles, rien ne m'excite plus qu'une fille comme toi, qui n'a l'air de rien, n'a pas l'air sexuel et qui, en fait, cache bien son jeu, qui en a plein la tête en réalité et qui, toute seule, ne peut rien, rien du tout, une fille absolument dépendante tu vois, condamnée à attendre l'autre pour être satisfaite, un peu comme ces animaux, tellement touchants, presque tragiques, non ?, qui finiraient par mourir de faim si l'homme ne les nourrissait pas, tout, tout ce qu'un homme heureux, abandonné, en confiance, un homme qui vient de jouir peut dire, avant de sombrer dans le sommeil, il le lui avait dit.

Multimillionnaire depuis deux heures en assurances et garanties en tout genre, paupières obstinément closes, sa tête à elle, comme lancée à grande vitesse, enchaînait les vertiges... De loin, de si loin, elle revenait. Si seule elle avait été. Si méconnue dans son principe éternel. Si touchée par l'effroi, certains soirs. Et voilà. Ce type. Un pas sur trois d'enfant puni ; fugitivement dans l'œil, des lueurs apeurées ; une grosse veste de cuir et puis, une émotivité, soudain, dans les mains ; un goût déconcertant pour la chantilly ; les muscles de la joue, par moments, pris de tremblements et, qui l'eût cru ? un sexe de bélier, un amour brûlant, une hargne bénie, une responsabilité de maître d'œuvre... Et un averti, déjà, des mécanismes sous-jacents, un affranchi des nœuds et des ornières de l'amour, un libéré de sa mère déjà, un prêt-à-aimer ! Quel temps gagné pour la connaissance, pour la traversée à deux, pour les relations sociales... Le milieu de la compassion, l'intelligence des profondeurs... Des éclairages, des discussions d'un niveau d'intérêt supérieur à la moyenne en perspective... Des comportements troublants, des cas passionnants exposés à ses oreilles de profane... Des amis altruistes, des confrères émérites des soirées entières en privé qui lui ouvriraient mille lucarnes sur l'humanité... Des week-ends en congrès dans la province française... Des horaires en harmonie, de l'estime mutuelle, de l'aisance sûrement par surcroît, lui, analyste, elle, architecte, vraiment, c'était parfait… Lui, à l'intérieur, elle, à l'extérieur. Elle, la maison du dehors, lui, la maison du dedans. Tant et tout à se raconter, le soir, elle, bavarde, lui, réservé. Lui, bizarre, confit en mystères dangereux, elle, hardie, excitée par le feu…

La folie d'être deux dans un lit. L'indicible effet de s'éveiller en compagnie. Découvrir comme un Noël le matin ce corps animal sur le drap. Vivre dans le luxe, et le qui-vive, de sa quémande continuelle. Sentir, par petits coups, battre contre sa cuisse. Compter confusément les brèves pulsations. Savoir qu'il attend, et qu'il est dépendant. Feindre de dormir encore, tandis que…

Accueillir le magique en personne un peu blasée. Demeurer dans le demi-sommeil, pénétrée de sa propre valeur. Se laisser tirer les cordelettes et ouvrir le devant, l'hiver, comme un énorme cadeau. Faire des manières, être redevenue vierge pendant la nuit, être trop petite pour que ça entre.

Être investie à nouveau du pouvoir royal de décider, aujourd'hui, oui, aujourd'hui, non. Ça, non. Ça, oui…

Abandonner à l'autre la gestion de l'heure. N'être plus responsable de rien. Craindre la pure créativité des minutes qui vont suivre.

Sentir que ça vient comme une troisième vie et qu'advienne que pourra. Négocier sans fin par les yeux la permission dernière.

Jouir, jusque du risque que ça ne dure, jouir jusqu'à s'évanouir…

Trembler en pleine journée tout à coup, au souvenir de la veille. Trembler de ce qui sera souhaité encore, le soir venu.

S'endormir l'un dans l'autre, se réveiller l'un sur l'autre.

Avoir comme dans l'enfance le temps de jouer avant de se lever. Chuchoter seul à seul pendant des heures, au mépris de qui attend. Se donner à boire, se taper pour rire, et se mordiller. Partager le chaud, l'été, partager le froid, l'hiver, toutes les fêtes du calendrier.

Guetter l'inouï, en promesse sur ces lèvres venues d'ailleurs. Écouter, une mèche de cheveux autour du doigt, les aventures de ce héros de chair, ses parents maléfiques, ses frères et ses sœurs, ses femmes jalouses, ses bonnes fées, et sommeiller, peu à peu, contre la poitrine du conteur lui-même…

Inspirer une douce inquiétude, être nommée, observée, interrogée de l'œil quand ça n'irait pas, entendue dans ses luttes avec les clients difficiles, valorisée dans son autorité auprès des ouvriers, défendue contre les prédateurs, experts ou assureurs, être invitée dehors pour le dîner, déshabillée de son manteau, sollicitée pour ses pensées du jour et celles de toujours, délivrée de l'addition, raccompagnée à sa porte, désirée debout dans la rue en disant non, non, il est tard, il ne faut pas, être prise dans les bras, fût-ce devant tout le monde, à tout moment, aller, oui, autant qu'il est besoin, dans les bras et se serrer, se bercer du matin au soir comme deux oursons solidaires devant le sort,... pas sûre, pour l'instant, même si le dernier aveu aussi était du diamant brut, de vouloir entendre autre chose que cette volée de cloches grandiose au ciel de son cerveau phosphorescent, le ventre flambant encore comme s'il y eût fait entrer le soleil, elle se recroquevilla en boule contre lui, mais déjà, la douleur de ne rien pouvoir diriger comme en esprit, de voir son chantier partir à vau-l'eau, ne rien pouvoir empêcher ou rectifier pour que chaque seconde, du compte à rebours qui commençait, du passé qui se fabriquait, sonnât juste :

– Pff..., poursuivit-il dans un petit rire, ça n'intéresse pas du tout ma femme.

Ma femme... ? Elle regretta violemment soudain que Paris à leurs pieds ne retentisse plus chaleureusement des bruits de seaux, de charrettes, de sabots, d'essieux sur les pavés, des cris, sonnettes, béquilles, bêlements de chèvres, appels de colporteurs... Qu'il revienne, renoue solidement ses deux bras dans ses reins, referme la coque et recrée l'œuf pour eux deux encore, avant le vrai réveil, c'est le premier primordial besoin dont elle fut privée.

Un vieux point dans son ventre repartait en inflammation depuis quelques instants comme un point de côté, à moins que ce fût plus haut, plus loin, ça battait à la manière d'une grosse artère. Comme, vite, la matière reprenait ses droits.

De si bas partait son angle de vision lorsqu'elle soulevait les paupières, les murs, les formes de son petit bureau arboraient à l'envers tels les gargouilles aux chéneaux des églises, la jupe des arbres, le haut des cuisses des mamans lorsqu'elle était enfant, des perspectives démesurées et inquiétantes.

Il n'était jusqu'aux tréteaux de fer de sa table d'architecte surmontés de leur plaque de verre, objets épars en transparence comme en apesanteur et, barrant l'espace ainsi qu'un vautour déployé, sa haute lampe à dessin, qui ne paraissaient fantasmagorie…

Front, nez, chute des lèvres, pomme d'Adam, vallons des muscles du torse, par-delà, au premier plan, cette ligne de crête accidentée en profil chinois sur le ciel de nuit, seule venait, par à-coups, lui confirmer qu'elle était bien chez elle l'enseigne lumineuse, au loin, de l'hôtel en façade. Elle avait hésité à l'emmener là plutôt que là, histoire de ne pas montrer, ne pas donner trop d'elle en une seule fois, mais s'était posée muettement entre eux la question du règlement de la chambre, l'air si léger quelques secondes auparavant avait subi comme une brève sidération, un passage à blanc, à l'issue duquel, sans avoir rien décidé, elle s'était retrouvée ayant tout cédé d'un coup, et son refuge, et son corps, quand, de lui – elle venait de le comprendre – elle ignorait tout, ou presque.

II

Sous la paillote de ses cils qui s'ouvrait et se refermait en papillotements douloureux tant elle se sentait faible, elle découvrait peu à peu ce que, dans l'ombre, il était devenu depuis qu'ils étaient là, un individu nu, apte à aimer peut-être, mais apte également à soulever du malheur là où peut le moins se défendre un organisme féminin, où, tout content, n'en faisant plus aussi grand cas qu'avant de l'avoir fait, il venait de la marquer au fer rouge.

Qu'y avait-il à retenir de ce qu'il avait livré, comme un drogué, à l'heure des caresses ?

Qu'y avait-il derrière cette masse luisante chez elle échouée, elle ignorait maintenant comment, pas même eût-elle eu la force, à présent, de la déplacer seule.

Qu'est-ce, là-dedans, qui lui était réservé, qui faisait que pour elle déjà, d'une certaine façon, il était trop tard ?

Il était le premier tout de même qu'elle entendait déclarer être soulagé, sic, que sa mère fût morte. Le premier également en plein restaurant, alors qu'ils ne s'étaient pas même encore embrassés, qui lui confiait avoir failli être prêtre, et, tout comme une danseuse de l'opéra pour féminité opulente, été obligé de renoncer pour grosse sexualité… Même dit comme ça avait été dit, avec un vieux reste de honte, un afflux de sang au visage, un air de gros chat encombré de sa fourrure et de bourgeois compassé à la fois, qui, immédiatement, l'avait étrangement excitée, n'eût-il pas pu, pour un psy, être plus sibyllin, voire plus élégant… Laisser flotter l'aléatoire, le rare, le miraculeux qui se jouait entre deux êtres à chaque instant… Laisser advenir la première fois au moins, où rien n'était moins sûr… Laisser imaginer que, du phénomène par exemple, elle était un peu à l'origine, et non pas, comme ça, qu'il préexistait depuis toujours à leur rencontre, bref, n'eût-ce pas été à elle plutôt, dans quelque temps si vraiment tel était le cas, de dire, oh quelle grosse sexualité tu as. Faisant bonne figure sur le moment, euh, songea-t-elle fugitivement à cette table de restaurant, comment ça, grosse sexua… ?

Était-ce message à bas mot pour, telle une roturière désignée par alliance à prendre rang, qu'elle se prépare et n'ignore rien de la charge qui l'attendait, ou bien gaffe de gros fat ?

Longue déjà, dans le passé affectif de l'humanité, était la cohorte de ceux qui, ayant confondu amour et désir, avaient simplement déclaré s'être trompés. Était-on au monde pour faire les frais des erreurs de ces gens-là ?

Fallait-il y croire une fois de plus, ou vite, se souvenir qu'elle allait pleurer beaucoup ? Reculer tout de suite – pour quoi de plus sûr, quoi de mieux, en vérité – ou écouter murmurer la source et se laisser aller ? Laisse-toi aller, disaient-ils gentiment, tous... Laisse-toi aller. Elle en connaissait qui, pour y aller, devaient emmener le whisky jusque dans le lit... Y aller, mais seras-tu là, au bout ?... Si je te fais confiance, seras-tu avec moi, de l'autre côté, encore ? Tu jures ?... Tu jures ?... Un homme changeait de femme, il ne changeait pas de fantasme, il ne changeait pas de gestes, inchangé, identique, mêmes chaussures, même montre, mêmes chemises, ignorant sincèrement l'indescriptible détresse qui se lève à son départ dans la chair qu'il a été autorisé à toucher, il poursuivait sa route.

« Je n'ai pas été heureux comme ça depuis des années... », ou c'était vrai, et c'était plutôt inquiétant, ou c'était faux, et celui-ci relevait des grands affabulateurs...

Combien avec lui avaient connu cette manière de faire qui, pour elle, était pure nouveauté, combien surtout, sous ses mains en tisonniers, sous son regard à double fond, avaient comme elle crié malgré elles, crié à répétition ? Où étaient aujourd'hui ces malheureuses éveillées ? Où, ayant connu cela, terraient-elles maintenant leur incarnation usagée, dévastée – désertée, puisque c'était à elle à présent qu'il réservait son corps –, oui, où allait-on après cela, que faisait-on du pauvre soi dépossédé mais relâché, sauf attendre, attendre un peu plus loin comme le chien qui ne sait rien, attendre d'être reprise, reprise par le même et, par le même, remportée ? Mais, capable soudain de traiter l'immédiat – et quelque chose comme une sourde fureur alors, à nouveau, lui anima l'estomac –, renseignait-on comme ça à l'heure des présentations de sa sexualité et, de l'existence physique, de l'existence palpable d'une épouse, pas ?

Il sentait fort. Il était anormalement doux. Il avait promis tout. Il était bourré de vie et d'envie d'en découdre. C'était terrible.

Il s'était occupé d'elle anormalement longtemps aussi, anormalement gravement. La sexualité pour lui, d'évidence, était au rang des beaux-arts. Son tour venu pourtant, il avait fait cette chose étrange, en jouissant, de se bâillonner à mort... Brusquement, et ça faisait très peur, il s'était empoigné la face à pleine paume, l'avait pressée comme le géant la pierre dont il voulait extraire de l'eau. Il avait eu l'air de souffrir. Il avait eu l'air d'être déçu ensuite. Il avait eu l'air vexé. Que faire de tout ça. Il existait des hommes, disait-on, dont l'éjaculation était une détresse telle qu'ils en arrivaient à saisir la femme au cou, à serrer jusqu'aux limites de l'étranglement, d'autres qui s'enfouissaient dans sa chair à pleines dents, laissant derrière eux chaque fois une morsure énorme qu'il fallait soigner, lui, il s'attaquait lui-même... C'était singulier... C'était ce que nul ne pouvait savoir d'un être humain sans monter avec lui, c'était le détail sans équivalent, la signature extrême qui scellait le tréfonds, c'était, si cet homme avait été une maison, ce qui correspondait à même pas la cave, même pas les fondations, même pas le sol en dessous, à tout le moins à l'au-delà des Portes de l'en-bas... Elle rouvrit les yeux.

À son cou, qui avait jeté des éclats par moments dans la bataille, brillait toujours la chaînette en or, elle n'était pas sûre d'aimer, elle verrait.

À voix basse, la nuque calée sur un coin de

coussin, seul comme un soldat sans chef vide son dernier chargeur, il émettait des mots.

Des prouesses, de véritables prouesses… pour avoir une chance de toucher cette femme qui est sa femme… Concocté des plans indignes… Calculé sans fin, quarante-huit, soixante-douze heures à l'avance, l'avènement d'un moment propice… Couru comme un fou, le soir, pour essayer d'être là tôt, faire qu'elle soit bien, de bonne humeur, ne lui en veuille de rien, ne soit pas fatiguée… Au moment d'ouvrir la porte, en tournant seulement la clef dans la serrure, déjà,… sait que c'est foutu. Rentre, et déjà, est fautif, ne sait pas de quoi… A une technique alors, pour garder son calme, se recentrer… Se remémore sa plus petite enfance, quand avait peur… Prend une grande inspiration, s'approche d'elle… Lui pose un petit baiser… A bien dix, onze heures de boulot dans les jambes, parfois. Des gens, uniquement, qui ne vont pas bien, qui souffrent, qui pleurent, mais… « Laisse, laisse, c'est moi, ce soir, qui vais faire le dîner, ce soir, je veux que tu te reposes… » Rien, en général, dans la cuisine. Pas de problème, fait des pâtes. Prépare tout, sert le plat, évite qu'elle ait à se lever pendant le repas, évite de la contredire ou de la contrarier en quoi que ce soit… Pas d'avis, pas d'opinion, de toute façon. Du moment que l'autre est content,… est content. Quand elle a bien mangé, qu'elle est calme, qu'il n'y pas eu de disputes, qu'elle prend le chemin de la salle de bains, vite,... nettoie la table, range tout dans le lave-vaisselle, le matin, ce qui peut se comprendre, elle n'aime pas trouver les assiettes... L'entend, quand elle est prête, aller vers la chambre... La voit, en passant, par l'embrasure de la porte, qui est couchée, un livre à la main « Ça va... elle m'attend... » Vite, se fait couler un bain, besoin de se laver de tous ces malades, prend soin d'éponger le carrelage, prépare son linge pour le lendemain, éteint, enfin, les lumières qu'elle a laissées un peu partout, arrive dans la chambre, nu, joyeux, sentant bon, et quoi ? Elle dort !... Elle dort profondément, à preuve, le livre est encore sur le drap tel que tombé de ses mains. Alors quoi, grande inspiration à nouveau. Elle n'aime pas, ce qui peut se comprendre, être réveillée en sursaut, délicatement,... entre dans le lit, retire l'objet, s'allonge contre son corps. Par petites pressions, petites approches, essaye de le retourner, d'un côté, de l'autre, pas de succès... Commence à retrousser un peu alors, doucement, centimètre par centimètre, la chemise longue sur les cuisses, tire un peu le tissu qui est coincé, soudain, le drap se gonfle ! il se gonfle comme une voile au-dessus de leurs têtes, quand la tempête a cessé, que le vent est tombé, qu'est-ce qui reste ?... Elle, tournée vers le mur, plus emmaillotée qu'un bébé. N'a plus que quelques heures à dormir... Abandonne... Enclenche le réveil réglé sur six heures et quart, éteint la lampe... Et là, tellement en colère, tellement frustré... Ne ferme pas l'œil de la nuit... Tous les soirs la même chose... Le samedi matin, pareil... L'après-midi, pas question... Le dimanche, pas une minute à deux... Dans quelques années, la mort... Fait partie de ces hommes qui ont du mal à montrer leur colère... Encaisse, encaisse... Ne dit rien, ne dit rien... Refoule, refoule... Fait partie de ces hommes attentifs pourtant, compatissants, émus par le cycle féminin, manière de préparer le nid, rappel qu'on ne maîtrise pas tout, mais elle... Pas une fois le mois,... toute l'année, qu'elle sent son ventre, qu'elle a ceci, qu'elle a cela... Ne sait pas, ne comprend pas... A essayé de la soigner... L'a envoyée à des confrères... Incurable...

Une sorte de gargouillement, sur sa gauche, l'interrompit.

On eût dit une limace écrasée qui n'en finissait pas de produire de la mousse, de la mousse, à force de salive... L'obscurité l'empêchait de voir. Il écouta.

Oui, pas de doute, c'était bien ça.

– Qu'est-ce que tu fais, là... Estelle ? chuchota-t-il.

Une grande tension régnait sur le côté. Son oreille se fit plus attentive, plus sourde la voix.

« Tu fais quoi, là, dis… Tu te caresses ? »

Se gardant de bouger, il épia quelques instants encore. Puis sa main, à tâtons, chercha à vérifier, alors éclatèrent les sanglots.

III

Par les phalanges, une à une, par l'avant-bras et le bras que, à l'articulation de l'épaule, il maniait telle une aile embourbée, il s'efforçait de l'ouvrir, mais ce qu'il aimait le plus sur la terre était devenu un gros nœud raidi, tout juste ses lèvres courant partout sur les parois humides pouvaient-elles en recueillir le goût légèrement salé. De quoi, là, tout de suite, pouvait avoir besoin la plus malheureuse des malheureuses, que faire, quand on avait été un gros lourd idiot pour se faire pardonner, ayant réussi à hisser sur elle à la force de ses bras la première moitié de son corps repentant, lui à qui la parole chaque fois qu'il l'osait n'apportait que des ennuis, d'un vigoureux coup de reins ramena dans l'alignement, restée à l'arrière, la partie quoique dite inférieure qui ne lui faisait jamais défaut.

Une fois installé là, la catastrophe, de part et d'autre, était presque jugulée.

Nul autre lieu au monde n'aurait permis que son identité explosée par l'affolement d'avoir mal fait se réunifie. La bévue se fût-elle produite dans un grand magasin, la condition, lui semblait-il, pour sa survie eût été tout pareil de pouvoir tout de suite grimper et, tant pour cacher le propre-à-rien qu'il était que pour marquer son bon vouloir, ses regrets, sa proximité, sa sincérité, s'enfouir au plus intime.

Il connaissait les points d'appui dont l'écrasement en deux, trois fois seulement, faisait céder les tenseurs, déroulant d'un coup sur toute sa longueur une fille réfugiée dans la position du cloporte. Dès que les os des hanches et, du squelette, l'extrémité extrême telle la croix à la pointe de l'Europe seraient vissés comme par les mêmes clous, en vis-à-vis exact, il commencerait à s'enquérir de la raison des larmes et tenterait de faire dégorger, si toxique pour la suite de leur amour, le mauvais dont il s'était rendu coupable.

Mais son impréparation, sa stupeur, à nouveau, étaient totales.

Une femme à ses côtés pleurait, était en colère, lui en voulait de quelque chose. De ce moment aussi imprévisible qu'il était obscur à son entendement, il ne conservait pas la leçon, seulement la terreur… La mémoire aussitôt noyée, ce sens de l'avenir qui différencie l'homme de l'animal, lui permet non pas de savoir qu'il va mourir, mais de se souvenir au plus fort de la noyade que le soleil revient après la pluie et qu'il est possible d'être sauvé, pas plus n'y survivait. Restaient seulement la panique, l'incompréhension et, à jet continu, comme aboyées mécaniquement, une multitude de petites questions sans suite.

Dans l'espoir que, s'allégeant de ses griefs, la femme recouvre le calme, il s'obstinait à la presser de l'éclairer, acceptait tous les torts dont elle le chargeait, voulait bien tout ce qu'elle voulait, pour que ça s'arrête. Mais ne comprenait pas. Estimait n'avoir aucune excuse à faire. Se fût laissé lapider plutôt que d'en formuler. Il n'était pas fautif. Ne pouvait pas l'être. Il avait de l'humour, elles n'en avaient pas. Il était généreux, dépensier même ! elles l'avaient toujours exploité. Il était, pour un homme, lorsqu'il entendait les horreurs faites aux femmes, plus que gentil, elles l'avaient toujours abusé. Il était aidant, il était aimant, elles ne l'avaient jamais vraiment aimé. Il était quelqu'un qui allait bien, il allait bien, il était gentil, il était dans le don, dans l'écoute, il était dans l'Amour avec un grand A, toutes n'avaient jamais fait que le vampiriser et, à l'issue de cette séance où son lacanien de maître à son tour avait cherché à lui faire porter la faute de ces malentendus récurrents avec la gent féminine, il avait mis des lauriers à des années de parlottes, trouvé qu'il était temps d'ouvrir son cabinet, d'être payé par elles à l'avenir, si elles voulaient qu'il écoutât. Tant d'années pour repérer que toutes celles qui avaient été dans sa vie étaient en « Elle », ça allait bien. Hélène, sa mère, entendez Elle-haine. Arme-Elle, l'avait aidé à sauver sa peau. Mari-Elle, l'avait manipulé dans un amour à trois. No-Elle, l'avait privé de cul pendant deux ans. Gaëlle, sa femme, gars-Elle, en réalité, ça, c'était trouvé... Estelle, maintenant, il ne fallait pas être grand psy, Est-ce-t-elle ? Enfin ?... Est-ce-t-Elle ?

Yeux clos, mains agrippées à ses hanches, avec toute la rigueur qu'un tel moment réclamait, reprisant, raccommodant à petit trot comme sous le pied-de-biche sa confiance en morceaux, le corps d'Estelle, en tout cas, répondait bien, commençait à repartir...

Dès qu'elle aurait joui, il demanderait ce que c'était, cette fois, ces larmes. Ce qui se passait était trop rare, rien entre eux, d'inexpliqué, ne devait traîner qui puisse fermenter et pourrir. Que ce soit l'existence de sa femme, détail sordide qui eût tout abîmé précisément, si sa délicatesse ne l'avait celé ; que ce soit le récit, un peu trop réaliste peut-être, de leur vie sexuelle, avec cet imaginaire puissant qui était le sien elle se sera sans préavis retrouvée dans le lit conjugal, ne l'aura pas supporté ; que ce soit l'interprétation erronée du son bizarre qui émanait d'elle dans l'obscurité – même pas puisqu'elle pleurait déjà – ; que ce soit, alors, une de ces manifestations de l'âme quand le corps est épuisé de plaisir et que, par sa maladresse au même moment, ces larmes mystiques versées en silence aient viré aux sanglots de pure déception, quelle qu'ait été, cette fois, la cause du drame, si fort était l'amour qu'il était en train de lui témoigner par le seul langage qui tienne, de toute façon, dans ces cas-là, si grand était son amour, elle ne pourrait plus lui en vouloir de quoi que ce fût, ne se souviendrait de rien.

Dans cette lutte peau à peau où semblait engagé, soudain, le pronostic vital, hallucinante était la sensation de se heurter partout à l'irréductible nudité de son corps, et de, aussi respectueusement que possible en même temps, un peu plus bas, y ménager, pour la seconde et deuxième fois de la longue, immense, inépuisable vie amoureuse qui s'amorçait, sa place d'homme.

Si dans la soirée une plainte pour viol était déposée, de lui aussi à la télévision demain, on dirait, c'est monsieur Tout-le-monde. Il avait une femme, un métier, une maison, une voiture, il était respecté de ses voisins, connu de ses commerçants, estimé pour sa compétence, il était monsieur Tout-le-monde, sauf… lorsqu'il passait à l'acte. Cet acte qui l'éblouissait autant qu'il l'ébahissait, qui le rachetait de l'inconvénient d'exister, qui le vengeait d'être ce qu'il était – un garçon doux et aimant, il ne savait pas pourquoi constamment rabroué –, du jour où, dans les bras d'Armelle la première fois, il l'avait découvert, bien qu'il le rangeât au premier rang des obscénités qui existassent pour l'œil humain, il n'avait cessé d'en traquer les mystères, et de le parfaire…

«Je ne te force pas… Tu es sûre?» Une extrême vigilance lui était nécessaire pour que ne fuie pas de sa tête cette question qui le hantait. Là encore il avait failli se laisser déborder, ne l'avait pas prononcée, ne la prononcerait jamais plus, apprendrait d'elle, par elle, avec elle, et il apprenait vite, à ne plus avoir besoin d'être rassuré.

« Mais non, tu ne me forces pas, tu vois bien… »
« Euh, si… Un peu quand même, tu vois, mais… »

Quelque réponse qu'il obtienne, passant le plus clair de ses méditations à essayer de revivre plan par plan ce que pouvait sentir et ressentir une femme au cours de cet acte invraisemblable par lequel on devait parvenir à introduire en elle l'objet de toutes les hontes, il continuait à douter que ce fût réellement acceptable par la femme qu'il aimait, continuait à vouloir s'excuser auprès d'elle de ce qu'il faisait, tandis que le fait même de continuer néanmoins à faire sur elle un acte aussi inacceptable l'excitait au plus haut point.

Dangereusement divisé entre la hantise de déplaire pour être aimé encore, et la nécessité de devenir déplaisant pour accomplir son forfait, tout en bandant plus haut qu'un misérable, il espérait désespérément n'être pas en train de la forcer...

Tellement compréhensible, en même temps, était leur vieille, leur bouleversante peur d'y aller... De quelle vertigineuse confiance il fallait faire preuve pour, ainsi, sur le dos déjà comme une vaincue, jambes ouvertes de surcroît, et nue, dans la position la plus vulnérable qui soit, se laisser limer l'intérieur jusqu'à, devant témoin de qualité douteuse, non vérifiée la plupart du temps, lente d'abord à s'émouvoir et se croyant sous contrôle, n'être plus bientôt que le lieu d'une éruption continue quasi autonome de forces internes souveraines, et ce, aussi longtemps que jugeait plaisant de ne pas y mettre fin l'unique témoin présent, n'était-ce pas, quand on y réfléchissait, quand on songeait surtout au nombre de fêlés comme il en recevait tous les jours qui, une fois trouvé le truc, pouvaient jouer avec ça pendant des heures, insensé ?

– C'est fou, une fille...

Les yeux d'Estelle s'ouvrirent, il était certain de n'avoir rien dit, une résistance en revanche avait encore été franchie, ils échangèrent une moue d'intelligence… Aussi serrée au centre que la petite main de l'enfant autour du doigt tendu dans une chair qui, par ailleurs, allait s'attendrissant, chaque centimètre gagné était au même moment conquête et consentement, jamais il n'avait connu ça…, ça qui faisait spasmes, sanglots, sacs et ressacs des trois orgasmes successifs qu'elle lui avait accordés la première fois continuer à courir, en lui encore après leur retentissement, longuement, comme, au fond du ciel, les roulements du tonnerre…, ça qui faisait sous les os de son crâne luire enfin le cerveau gratifiant plutôt que le cerveau punitif…, ça qui faisait, aussi indéniablement que Paris était une ville et la France un pays, qu'Estelle était une fille, que lui-même était un homme et que, vus de personne, dans la volonté délibérée de reproduire à eux deux l'événement comme, au bout d'un moment, survient le feu entre deux pierres, ils étaient en train de faire cette chose incroyable de toucher l'un à l'autre.

Encore deux ou trois fois et, passé le délai décent, il aborderait, avec elle, le sujet.

Comment est-ce que, loin d'être la frustration habituelle, le projet d'obtenir d'elle, un jour, le partage de leurs fantasmes mutuels était aujourd'hui plus captivant que sa réalisation. C'était la première fois, en somme, qu'il faisait l'amour à l'esprit d'une fille, celle-là ne le laisserait pas seul avec ça, celle-là le suivrait jusqu'au bout, l'accepterait en entier, elle était sa sœur, sa semblable...

Surexcité de savoir déjà jusqu'où il allait la conduire tandis que, dans son innocence, elle n'aurait pu même seulement l'imaginer, la révélation brusquement que cette fille était venue non seulement pour le réparer, mais pour le libérer, non seulement pour le libérer, mais pour le compléter, non seulement pour le compléter, mais pour le réaliser et que, par la loi d'attraction qui faisait qu'à du positif ne pouvait s'accrocher que du positif, il verrait venir à lui, bientôt, nombre de nouvelles relations bien sûr, mais aussi – qui persistaient à l'ignorer – les sommités de la psychanalyse; verrait s'ouvrir à ses travaux de recherche enfin jusque l'intérêt des Américains; verrait s'écarter dans quelque temps, pour leur entrée main dans la main, les portes des plus hauts lieux new-yorkais et internationaux, vint ajouter, encore, à sa griserie.

Quelle sécurité avec toi, l'entendit-il soupirer.

D'un modeste sourire, il salua la remarque, elle n'avait rien à craindre. Son corps dans les bras d'une Estelle était comme miraculeusement délesté de sa propre matérialité comme de sa masculinité la plus grossière. Là comme ailleurs au quotidien, toute personnalité remisée dans le pot commun, son plaisir était le plaisir d'Estelle, il n'en avait pas d'autre, n'en concevait pas d'autre, cette seule récompense, dangereuse pour son identité entre des bras mauvais, sublime pour sa virilité entre des bras aimants, justifiait qu'encore il existât.

Dans quelques minutes ou dans une heure, peu importe, le temps n'était pas de la partie, fondu, confondu alors jusqu'à ne respirer plus ou à peine, aussi passif que la lune à minuit, son corps en union avec Estelle ne serait plus qu'objet de réverbération radieuse, aussi étroitement que l'aviateur et son planeur, il ferait corps enfin à nouveau avec le corps de l'autre, ne ferait qu'errer en silence peut-être, à bonne hauteur, au gré des courants porteurs, ou évoluerait selon sa volonté, longuement, plaisamment, d'ascensions en redescentes, de redescentes en ascensions jusqu'à ce que, aux commandes soudain, une cheville dans chaque main, il fonce à l'horizon du monde et qu'alors, en loques affreuses et fantastiques, rouge, orange, rose, vert, indigo, droit devant, s'atomise le spectre de l'abandon…

– Il n'y a pas un peu de lumière, ici ?

Le son de sa propre voix l'apeura, c'était bien lui qui avait dit ça.

– Pourquoi, demanda-t-elle.

Les secondes passaient, il ne répondait pas.

Estelle imagina sa grande lampe à dessin allumée.

« Non..., dit-elle, il n'y en a pas.

« Et pourquoi veux-tu de la lumière ?

– Ça a besoin de voir, un homme...

Elle surprit son torse redressé à la verticale, il était assis en crapaud sur ses deux cuisses repliées. Ses grosses mains de part et d'autre profitant de la surprise s'emparèrent des jambes restées inertes sur le coussin, il en jeta une sur chaque épaule.

– Mais qu'est-ce que tu veux voir...

Au craquement d'une allumette, tout inassurée encore tel un petit serpent, dansant sur soi-même, s'éleva une flamme.

Tandis qu'imperceptiblement au-dessus d'Estelle s'abaissait la flamme, que s'avançaient entre les parois de l'abrupt précipice les premières lueurs d'une aube inquiétante, s'engagea entre leurs regards croisés un affrontement muet, le temps était de retour, c'est elle qui souffla.

– La prochaine fois peut-être, dit-elle.

La prochaine fois... Peut-être... Il restait là, en arrêt, cherchant comme la chatte dont est déjà noyé le petit qui était là à l'instant, les yeux écarquillés, une jambe sur chaque épaule.

À lui pour qui une femme n'avait toujours été que capture à duper, à convaincre ou à forcer, elle avait dit la prochaine fois, peut-être... La prochaine fois. Peut-être.

Le bruit de la pluie sur le trottoir se fit plus fort. Se répandit dans les étages à travers les murs le long cri d'un enfant pris dans un cauchemar.

Des minutes uniques s'écoulaient.

Ils demeuraient ainsi, immobiles dans la pénombre, sans autre communication que les non-dits innombrables dont ils percevaient autour d'eux les vibrations.

Du centre monstrueux où, tels des siamois avant que la main de l'homme n'y touche, la chair était commune et commune la brûlure, ils croyaient voir se lever, maintenant, comme une clarté...

N'eût été la vingtaine d'ongles peints qui faisaient tache depuis le début à l'estime qu'il lui portait, dont, en premier, il abolirait le rouge sombre, l'entièreté de cette fille avec certitude désormais était le petit plus, le presque rien, mais la touche finale, la touche ultime, pour que lui-même se sentît achevé…

Que faisaient, là, entre ses mains, ces jambes encombrantes qui l'empêchaient d'être près d'elle, s'en débarrassant à l'arrière, il rampa jusque son visage.

– C'était quoi, dis-moi, chuchota-t-il, ces grosses larmes ?

À deux reprises par les oreilles comme elle le détournait, il le mit droit, le secoua un peu pour que s'ouvrent les paupières.

« C'était quoi, c'était ma femme, c'est ça ?

– Ouiii…, gémit Estelle, elle a un mari en or !

En cinq heures seulement, et ce n'était pas terminé, elle lui avait donné ce que Gaëlle ne donnait pas même en un mois, quelle différence, d'une femme, l'autre, de tempérament, de cœur, de générosité… Un dessous noir un peu troublant comme trouvé par exemple en la déshabillant… Pas une attention comme ça pour lui, en tant qu'homme… Pas même au début, quand on se séduit… Pas un élan, pas un baiser impromptu… Pas trois minutes par jour de folie… Pas une cavalcade avant la nuit, même dictée par les glandes… Estelle, elle, est vivante. Gaëlle ne vit que pour le fric… Cet art de se faire aider… Rendez-moi ce petit service jeudi, je vous le rendrai vendredi… Infernal… Cet appartement qu'elle a voulu acheter… M'a obligé… Voulais pas… « Si, si, on y arrivera ! » Comment ça « on » ? Combien d'années encore, avant qu'elle soit une associée ? Six… Sept ans ?… Même pas de secrétaire. « C'est très cher, une secrétaire, c'est très cher, tu es plus tranquille tout seul… » Des appels incessants… Violée par mon père… Driinne !… Rejeté par ma mère… Driinne !… Se rend pas compte… Tombé malade à cause de ça… Gaspille pendant ce temps-là… Se fait refaire ceci… cela… Pas du jour, la pizza ? À la poubelle… Trois abonnements… à trois journaux différents… « … pour ta salle d'attente »… On n'attend pas, chez un psy. S'intéresse pas du tout à ce que je fais… Me respecte pas… Me considère pas… Vais supprimer les abonnements théâtre… Suffit… Me laisse tout seul chercher le parking… Me laisse tout seul près du mari de sa copine… Comprends rien à ce qu'il me dit… Marre des jacasseurs… Écoute toute la journée déjà… Le rideau se lève… La chaleur, l'obscurité… Encore des bla-bla… Je dors… Le resto, encore… Attendre, encore… Écouter, encore… Oui… Oui… Payer… Reprendre la voiture… Mettre la clef dans la serrure… Plus que six heures à dormir… M'a coûté un œil. Pour rien. Même pas son cul… Une freudienne, de toute façon… Pas de conversation possible avec une femme comme ça. Ou tu es hystéro ou tu es parano… Le savais… Pas du tout fait pour le mariage… Voulais pas… M'a sauté dessus… M'a obligé. « Es-tu sûr que Gaëlle a tes valeurs ? »… « Est-ce que Gaëlle ne serait pas un petit peu profiteuse ? » Me l'avait dit, ma mère… Réduit à quoi, aujourd'hui, mon rôle d'homme ? La grande surface le samedi matin… Les boutiques de mode le samedi après-midi… Les goûters chez ses parents le dimanche… Réclame toute la journée « Un homme, un vrai ! »… « Un homme, un vrai ! » Il était où son amour, en retour ? Quoi, au bout de tout ça, pour lui… Pour lui… Lui, en tant qu'homme…

Une plainte tout à coup, longue comme, lâché en plein vol, un soupir de tourterelle harassée, lui fit baisser les yeux, il se découvrit en équilibre sur ses deux bras tendus et, sous lui, là, tout de suite, il se passait quelque chose.

Quand la mer se déchaînait, que l'embarcation par creux de cinq, sept mètres montait et descendait, ce n'était pas le moment de paresser, il y avait des focs à retendre, des cordes à serrer, la barre à fixer, tout en sachant que c'était par divagation justement, par ce fait même que son esprit était ailleurs, qu'il avait obtenu cette houle magnifique, il rameuta d'urgence tout ce que, en matière d'aide, d'accompagnement, de grand sauvetage, l'expérience lui avait enseigné… Le principe était, tandis qu'elle se noyait, sauver le capitaine. Sourd aux suppliques, toutes forces bandées dans le refus d'être sabordé, mal à l'aise sur terre avec les hommes, mal à l'aise avec les femmes, mal dans sa peau partout, mais consolé toujours par ces noces très secrètes avec son Soi, il serra les fesses, serra les mâchoires, serra les paupières. Arrivèrent, lentement, usuellement, qui tombent de l'infini, la nuit, sur la lune, les comètes de glace… Les cratères effroyables… dans l'indifférence de l'espace… s'ouvrant… sous les comètes de glace… Les blocs de glace énormes… dans cette solitude… se détachant… du bord des cratères… À leur tour… à l'infini… basculant… au fond des cratères… Ouvrant… à leur tour… des cratères effroyables… de qui les bords… en blocs de glace énormes… dans l'indifférence de l'espace… à leur tour… à l'infini… Penser fort… Penser loin, ne pas périr corps et biens, ne pas courir à l'abandon, il rouvrit les yeux, elle battait des mains, le crochetait, en voulait à sa vaillance, visiblement, aussi avidement qu'un voleur à son argent. Il commença à la haïr. Et, comme il fermait la route, comme délibérément il se choisissait, comme, au prix d'un héroïque, ultime, jouissif effort, il lui refusait son bien, il sentit tout à coup qu'était remontée, qu'avait reflué à sa source, la turbulence sidérée, alors, nez au vent, gros de lui-même, gonflé à bloc, grand maître à bord de ce suspens sans avenir où il n'aimait que se maintenir, tandis qu'elle sombrait, repartit vers le large.

Ses yeux s'ouvrirent. Il était là. Se tenait sur elle comme le lion en Afrique. Lourd. Calme. Les pattes exposées. Ayant le temps. Humant l'air un peu, par moments, les narines en éveil.

Ils se considéraient en silence.

Respiraient ensemble par le ventre.

Au loin, le klaxon mécontent d'une voiture.

Elle n'aurait pu dire où elle était.

Juste, dernier repas du Minotaure en cours d'achèvement, ne s'appartenait plus.

Elle referma les yeux.

Les rouvrit.

Les referma.

Les rouvrit. Le fixa. Démesurément.

– Tut, tut..., fit-il avec dénégation.

– Mais... ?

– Je te l'ai dit, murmura-t-il d'un air d'excuse, pour moi, c'est facultatif... C'est ton plaisir qui me fait plaisir.

« Tu es bien, tu as besoin encore... ?

Creusé, enlevé, creusé, enlevé, ce n'était pas, au rythme accéléré du cinématographe, le bruit de pelle, dans une petite rue privée, de la neige qu'on dégage sur un pas de porte, mais leurs ventres encore qui frappaient l'un contre l'autre. Elle était au bord, elle allait venir, elle allait lui consentir cette preuve d'amour encore, quand elle aurait fini, il se tournerait, s'allongerait sur le dos, il y aurait une cinquième fois, une sixième peut-être, là, il dirait : « Est-ce que tu accepterais que je réalise un petit fantasme », elle ne pourrait pas dire non.

IV

Mais qui pouvait, comme ça, d'une grosse voix infiltrant son sommeil, parler sans arrêt… « Je fais ce que je veux, tu entends… Non, chez elle… Oui je l'aime… Cet après-midi… Tu sais très bien que ça n'a jamais marché entre nous, sur ce plan-là… » Elle tenta d'ouvrir les yeux, les cils étaient collés, horriblement lourde sa tête. « Comprendre, comprendre… Tu veux toujours comprendre, il n'y a rien à comprendre… La vie bouge, c'est tout… La vie bouge, il faut que tu l'acceptes… » Quelle heure pouvait-il être, quel froid il faisait, nue sous le manteau posé en couverture, sa main, qui cherchait à le remonter, tomba sur une chaînette, elle lui encerclait le cou. « Non… Non… C'est faux… C'est faux… Je sauve ma peau, c'est tout… Tu as fait de moi ton otage !… Tu as toujours fait passer tes intérêts avant moi !… J'ai compris ton système, Gaëlle !… J'ai compris ton système !… Comment ?… Mais je ne suis pas responsable de ce que tu as cru !… Je me suis trompé de route, je rectifie… Je te l'ai dit, je ne veux pas me retrouver à quarante ans comme un con... C'est trop long, j'ai plus envie... J'ai changé, je te dis ! J'encaisse, j'encaisse... Je refoule, je refoule... Un jour, je dis. C'est fini, je dis les choses, maintenant... Maintenant je dis ! Je dis... » Il était resté très longtemps absent après avoir demandé la petite clef des toilettes dans la cour, pourquoi si longtemps... Il avait été malade peut-être... « C'est toi !... C'est toi ! Tu ne sais pas partager, tu ne sais pas donner, tu ne sais pas profiter de la vie, tu commets des fautes d'éthique gravissimes en regard de la vie... Tu es pathologiquement anormale !... Ah bon ? Ah bon ?... Parce que, faire à dîner et faire l'amour, pour toi, ce n'est pas la vie, ah bon ?... On naît seul, on meurt seul, tu n'as que ça à la bouche. Ce n'est pas du tout ma philosophie... J'ai besoin de tendresse, moi, je ne suis pas comme toi... Oh, mais non, ce n'est pas grotesque, c'est bon, c'est bon de se sentir revalorisé, dans les yeux de l'autre... C'est bon de partager des petits riens... Tu n'es pas sentimentale... Tu es incapable d'aimer. Tu es une autoritaire... Si, si, tu es autoritaire ! Tu es une autoritaire, une animus, une... Quand j'ai dit quoi ? Pff... C'était de l'humour... »

Elle se redressa à demi sur un coude. De dos, à croupetons dans l'angle de la pièce, la veste de son costume posée sur ses épaules nues, à la lueur bleutée de l'écran, comme un écolier il parlait derrière sa main.

« Non… Non, Gaëlle… Non… Non, c'est fini… Je suis passé à autre chose, je regrette… Ça ne m'intéresse plus… Quelle cassette… J'en sais rien, tu n'as qu'à la jeter… Je ne suis plus du tout là-dedans, je te dis. Non. Non, je te dis… La ranger où ?… Où ?… Je n'ai jamais eu ma place, dans cet appartement ! J'ai jamais su où me mettre ! J'ai l'impression d'être chez toi quand je suis chez moi… Eh bien, oui… Eh bien oui… Maintenant je dis… Maintenant je dis… C'est pas mon goût, voilà… Non, ce n'est pas mon goût… Si, j'ai un goût !… Bien sûr, j'ai un goût !… J'avais plus de plaisir à te faire plaisir, c'est tout, tu ne m'as jamais compris… C'est toi ! C'est toi qui as de gros problèmes avec l'argent !… Je t'ai fait des cadeaux somptueux… Qu'est-ce que tu m'as offert ?… Comment ça, pas dans l'ordre des choses ?… D'où tu parles, mais d'où tu parles, Gaëlle… Bientôt. Je t'ai rendu plus de la moitié déjà… Le reste, le reste quand je pourrai… Quand l'URSSAF me lâchera… Décidément. Non je dis, décidément, on n'est pas du même monde… Tu n'as jamais su bouffer une salade sur un coin de table, je suis désolé !… Ou tu ne fais rien, ou tu fais des plats interminables, il faut deviner ce que c'est, apprécier, commenter… Pourquoi salaud, je dis ce que je veux, c'est tout, maintenant je dis… Bon, tu fais ta crise… Justement. Tu m'as beaucoup déçu sur ce plan-là… Le plan de la spiritualité… Eh bien oui… J'ai évolué… Je ne peux rien pour toi si tu ne suis pas… Non, tu n'as pas suivi, non, tu n'as pas suivi… J'ai essayé de t'en parler, moult fois, Gaëlle, je t'ai consacré beaucoup de temps, je croyais que tu comprenais un peu… Je suis très déçu, je suis effaré par ce que tu es devenue… Non… Non… Tu restes au niveau du mental… Eh bien oui… Tut, tut, il n'y a que par la conscience qu'on progresse… La seule arme de guérison, pour moi, c'est la conscience… Pas du tout, c'est mon credo… Non, mais avec toi, je m'écarte de mon chemin… Comment ? Oui, je m'étais fourvoyé, je suis désolé… Non. Je reprends ma vie, simplement, telle que je la veux… Je ne veux plus m'entourer que de gens comme moi, maintenant, d'ailleurs… Comme moi ! Comme moi, oui ! qui vivent, comme moi, au niveau du Moi supérieur… Elle ?… Elle, justement. C'est une belle âme… Comment ?… Un beau cul, c'est exact, mais une belle âme aussi… Tu vois, tout de suite, cette réaction que tu as, je peux plus, ça, moi… Je n'ai pas à t'en parler de toute façon… Oui, ça me plaît… de plus en plus, même… Tut, tut, rien à voir… Rien à voir avec toi, on est syntones, elle et moi… Syntone ? C'est un mot de clinicien… très pointu… tu ne peux pas comprendre… Elle a surtout le culte du corps de l'autre… Je dis, elle a surtout le culte du… Ah, tu m'emmerdes Gaëlle, tu es sordide… Non… Oui… Non… Non… Je t'ai donné cinquante euros… Non pas vingt, cinquante… C'était cinquante… Cin-quante-euros, j'ai laissé… C'était cinquante, je revois le billet sur la table… Comment ça, je l'ai repris… C'est faux. C'est faux… Je suis quelqu'un de généreux, de dépensier même !… Pff… C'est chez toi, les radins… C'est faux… On a toujours faim, de toute façon, en sortant d'un restaurant… Qu'est-ce que tu as eu ?… Tu as eu mon soutien psychologique, tu as eu mon soutien moral, tu as eu… Non. Non, je ne reviendrai pas en arrière. Non… Parce que ce n'est pas dans ma nature, je ne suis jamais revenu en arrière… Non, je ne suis pas rigide. Non, je ne suis pas devenu un étranger… Non. Je suis moi, maintenant, c'est tout… Un lâche, un lâche, oui, si tu veux, écoute, je n'ai plus le temps, là, il faut que… Ne dis pas de gros mots, s'il te plaît, ça me choque… Pas de gros mots !… Je ne sais pas encore, je vais voir… J'ai de grands projets… Je ne serais pas étonné que les Américains m'invitent… Comment ? Très bientôt. Dès que je serai prêt… Un destin assez extraordinaire m'attend, je crois… Non, je te remercie, je n'ai besoin de rien. Tu dis ? Oui, bien sûr, je m'en souviens, tu me l'as dit hier… À Notre-Dame-du-Mont… Écoute Gaëlle, j'aimais beaucoup ton père, tu le sais, mais… Vis-à-vis de ta famille, je ne sais pas ce que tu en penses, il serait plus honnête que je ne vienne pas, je crois, puisqu'on n'est plus ensemble… Je commanderai une couronne, j'en commanderai une… Bien sûr, je le ferai… Voilà… Voilà… Non… Non. Bon courage… Quoi ?… Je suis la personne qui peut le moins t'aider, Gaëlle… Tu es une grande fille… Prends deux Lysanxia ce soir, et deux demain, le tube est dans le salon… Allez… Allez… L'avocat t'enverra une lettre. Allez, je t'embrasse très fort. »

– Elle ne m'aimait pas, de toute façon…, marmonna-t-il.

Il se releva, posa le portable sur la chaise. Une certaine allure, assurément, parfaitement nu sous la veste du costume, le col encanaillé, les manches flottantes tel un maréchal attendant l'aube. Elle s'apprêtait à un regard, il se comportait comme s'il était seul, presque sans bouger, son pied fit disparaître une boule de kleenex froissés sous le meuble-clientèle, puis son corps, qui s'était mis à faire des ronds comme une mouche en train de mourir, s'immobilisa. Elle le vit sortir son portefeuille, compter un à un les billets, recompter, le refermer, le ranger avec soin. Il était encore à demi détourné, le doigt dans une narine, quand il glissa un regard dans sa direction. Aussi instantanément jeunes et clairs furent ses traits, qu'ils étaient mols et contractés, il cacha ses doigts.

– Oh, tu es réveillée…

En un mouvement, il fut sous le manteau, sa main libre sur ses seins chauds.

Sincèrement, croyait-il qu'elle dormait.

« Tu es bien ?

« Tu es apaisée… ?

« Tu veux que je te pénètre encore ?

« C'est réellement exceptionnel ce qui se passe entre nous, tu sais… Je les entends, les gens, moi, toute la journée… Ce qui nous arrive à tous les deux est rarissime…

« Il faudra… Promettons-nous de ne jamais laisser se dégrader une entente pareille. C'est plus qu'un devoir, quand on a cette chance.

« Mais nous sommes toute alanguie, là… ? Il n'y a plus grand monde, on dirait ?…

« Oh, j'adore tes seins… C'est drôle, je n'éprouvais qu'un intérêt tout à fait moyen, avant, pour les gros seins, c'est ton enseignement, ça…

« Sais-tu que tu m'as fait peur, tout à l'heure… Tu étais dans un état… Est-ce que tu te souviens de ce que tu disais ? Tu répétais… Ce n'était pas très compréhensible, c'était… quelque chose comme : "C'est trop fort… trop fort…" Il y avait le mot "peur" ou "cœur", et puis, ah oui, aussi :

“J’ai des parents encore…”, tu répétais. “J’ai des parents… Il ne faut plus… Je n’ai pas le droit…”

– Qu’est-ce que c’est, dit-elle, tirant sur la chaîne autour de son cou.

– Ah, ça ?…

Sa tête s’inclina vers sa poitrine comme devançant la gratitude.

« C’est le plus grand gage d’amour que je puisse t’offrir… J’y tiens énormément. Elle me vient de l’unique femme que j’ai un peu aimée avant toi, une érudite, une femme en vue, major de… Enfin, une personnalité. Malheureusement, fit-il, assombri, je ne l’aimais pas physiquement.

Un moment s’écoula.

Il y avait silence et silence, celui-ci était le tout premier, de l’autre sorte.

– Je ne dormais pas quand tu étais en ligne.

Il s’étendit sur le dos, porta la main à son cou.

– Elle dit qu’elle m’aime, soupira-t-il en cherchant la position la meilleure pour sa nuque, mais c’est son ego… Ce n’est qu’une blessure narcissique.

« Elle commençait à ronronner, de toute façon.

– Ronronner… ?

– Sur tous sujets !… Sur tous sujets ! J’ai toujours su, au fond, que je ne finirais pas mes jours avec elle… Vingt personnes me l’ont fait comprendre, nous sommes mal assortis, ma femme et moi, in fine.

– J'aurais apprécié tout de même que tu me...

– Je sais, dit-il très vite, moi, je ne voulais pas... C'est elle qui a insisté. Et quand elle insiste, c'est très difficile de lui résister.

– Ce n'est pas elle qui a...

– Écoute, ce n'est pas plus mal qu'elle sache. Je n'aurais peut-être pas eu le courage, plus tard. C'est fait, maintenant, je me sens euphorique...

Et dans un geste impérieux ouvrant le manteau soudain, mâchoires serrées, comme, dans l'air admirable devant un public en délire, une première passe avec la muleta, il l'enfourcha sans égards.

– Tu as des enfants ? poursuivit-elle sous la charge.

Avant, arrière, avant, arrière, dans la mécanique autonome des petits chevaux de bois de l'aire de jeux, l'hôte saprophyte n'était plus que souffles en tous sens.

– ... deux garçons... jumeaux... t'inquiète pas... jamais vus...

– Tu donnes de l'argent ?

– Oon... oon...

– Pourquoi non.

– Ça marche comme ça... les ai eus-à-seize-ans-un-accident-mais-fais-la-fiiiille... ! enchaîna-t-il tragiquement dans son cou, d'une voix suraiguë... arrête de parler !

Les premières notes de *Stayin' Alive* s'élevèrent dans la pièce, Estelle s'agita, se dégagea, tandis qu'il roulait sur le sol.

– Ce sont mes parents sûrement, dit-elle en courant à la chaise, les seins dans ses mains.

De longues minutes passèrent lorsqu'elle lui revint, durant lesquelles ils ne se dirent rien.

– Est-ce que ce n'était pas mon portable que tu... ? commença-t-elle.

– Oh oui..., s'écria-t-il en se touchant le front, je voulais te le dire, et puis... Excuse-moi, le mien a dû rester sur mon bureau, ce matin, je me suis permis d'emprunter le tien... Je suis désolé... Je te laisserai... Je te laisserai dix euros pour... pour...

– Pas dix euros pour...

– Si, parce que... Il a fallu que je parle un petit moment, quand même... Son père est mort avant-hier, et elle a dû, euh... en urgence, la pauvre... Je te laisserai un billet, si... si... Il n'y a pas de raison.

Le silence retomba.

« J'ai cru comprendre, reprit-il le ton gourmand, que nous allions dès ce soir dormir ensemble ?

– Tu vas habiter où, toi, demain ?

– Il y a le divan, à mon cabinet…
– Cocasse.
– Toi, tu… Tu… ?
– J'habite chez mes parents, oui.
– Et, que tu ne sois pas encore mariée, ça ne les…
– Je suis mariée.
– Ah ?… Ah bon, excuse-moi, je… !
Elle prit son temps.
« Tu es mariée, Estelle, c'est vrai ?
– À mon métier, oui. J'adore mon métier.
Il éclata d'un rire léger, tout en broyant la main qu'il détenait.
– Une femme harmonisée doit pouvoir mener de front un métier passionnant et un grand amour… Ce ne sont que des croyances, ça… Ce n'est pas la réalité. Je t'adresserai à un confrère. Tout ça va changer, chez toi, tu verras. Tu ne te reconnaîtras pas.
« Est-ce qu'on ne pourrait pas, dans une première vague, poursuivit-il, installer un petit réchaud, ici… Tu sais, ces petits réchauds d'un encombrement minimum, avec deux plaques et un four, on peut même cuire autre chose, là-dedans, que des quiches, il me semble !
– Il n'y a pas d'eau ici. C'est mon bureau.
– Les toilettes de ta cour sont très bien, j'ai trouvé, très propres, non ?…
« Je soigne un monsieur qui… Je n'y avais pas

pensé, ça me revient à l'instant, là… Il ne se sert jamais de sa salle de bains, lui ! Il va au hammam… Le hammam, à côté de mon cabinet. Il est très chic, paraît-il.

« Tu… Tu es architecte, m'as-tu dit ? Quel genre de… Tu vas sur des chantiers, ou bien tu…

Ou bien il refaisait le psy, et c'était un rôle de composition, ou bien l'être qui tremblait des mains au premier rendez-vous qu'ils s'étaient fixé hors de la cure refaisait surface. La mal-assurance qui le prenait comme la glace les eaux du lac chaque seconde un peu plus venait exciter chez elle une veine sadique qu'elle ne se connaissait pas. Si triste depuis un moment sans comprendre exactement pourquoi, sur le sujet de son métier, elle se sentit renaître.

– Mes clients, dit-elle, ce sont les nouveaux bourgeois de l'est parisien, « les bobos de Belleville », on les appelle… Tu vises cette ancienne usine, à Londres, devenue résidence de luxe, avec des portes en verre énormes… la Jam Factory ?

– Il me semble qu'on m'en a dit un mot, oui… Ce sont mes patients qui m'informent, moi, tu sais, sinon…

– Voilà, coupa-t-elle pour hâter un peu le déroulement de la pensée, mes chantiers, ce sont d'anciens entrepôts à l'abandon ou insalubres, des greniers dans des quartiers très pauvres, encore, qui se rénovent aujourd'hui à prix d'or, et...

– Et c'est toi qui... Enfin, c'est toi qui... avec les ouvriers ?

À mesure qu'il s'amenuisait, elle regagnait en force.

– Avec mes clients d'abord. Avec les ouvriers ensuite, dit-elle un peu sèchement... Il y a un quartier assez extraordinaire comme ça aussi, au sud d'Istanbul, en ce moment, je vais certainement...

– Ça fait beaucoup d'hommes, tout ça.

– Tu veux dire... ?

– Rien. Je me connais, c'est tout.

S'était finalement couché avec elle le fantôme de la méchante qui, par intermittence, l'avait investie jusqu'à changer le timbre de sa voix, moqueuse et brève dans le retour de ces accents qui l'atteignaient au cœur comme un lancer de poignards, c'était fini maintenant, en cuiller derrière elle, il lui tenait bien serrés devant, à deux mains, les deux poignets, et ne ressentait la douleur guère plus qu'un mort.

Son sexe, cette nuit-là, pas plus que son pouce jadis hors de sa bouche, ne lui eût laissé de repos qu'il n'ait eu l'autorisation d'être logé là où il se sentait parfaitement accepté.

À condition de ne pas bouger du tout, il avait promis et cette autorisation très spéciale, l'avait obtenue.

Ainsi seulement avaient-ils pu commencer l'un, l'autre, à retrouver la paix, reliés comme par un de ces ponts mobiles au-dessus du vide qui font, de deux terres disparates et fragiles inégalement exposées, deux terres plus fortes en regard de l'envahisseur.

Je t'aime parce que, avec toi, je suis moi, je peux être moi.

Je t'aime parce que, avec toi, je ne suis plus moi, je peux, ne plus, être moi.

S'ils avaient pu tout de suite, lorsque, après s'être unis, ils s'étaient lancés à ouvrir la bouche, entendre la dissonance qui mit leurs anges dos à dos, ils eussent su que les ennemis non pas viendraient du dehors, qu'ils occupaient la place déjà ; qu'on en comptait deux, pas plus.

Ils ne l'avaient pas pu. Délivrés seulement des forces animales, toutes défenses rétractées sauf une qui n'en était plus une, épuisés par les peurs, uniques et minuscules organismes en cours de trajectoire dans le roulement des grands luminaires grondant à l'entour, ce qui subsistait maintenant de leur conscience avait rejoint la faible veille du végétal…

Mais, pleurées, un peu, comme pleurent les femmes, sans qu'il y ait d'autre incidence que le sombre des gouttes sur la toile du coussin tandis qu'il dormait déjà, traînaient aux angles de ses yeux des larmes pour ces jumeaux spoliés du souffle même qui, paisiblement, contre son oreille gauche, montait et descendait ; pour cette femme en deuil de son père dont le mari, arrimé tel un nouveau-né après une bordée de mots aussi assassins que chuchotés, venait en quelque sorte de prendre la suite ; et pour elle-même… pour elle-même qui savait disposer du pouvoir suprême, dès qu'il ferait jour, de rendre un des deux, mais ne savait pas si, rendre, déjà, elle voulait…

Le jour n'était pas levé.

Elle referma la porte du bureau.

Seule dans le noir près de la lampe à dessin demeura une pièce de deux euros.

Il écarta le lourd battant de la porte du hall, s'effaça. Elle eut un petit rire.

– Qu'y a-t-il ?

– Rien, dit-elle un peu perdue… Tu me fais de tout, et maintenant tu m'ouvres les portes…

V

Une partie du café seulement était allumée. Les tables n'étaient pas toutes sorties, ils entendaient le raclement des pieds de fonte sur le trottoir, le grondement des premiers camions de livraison, au loin, dans l'obscurité.

Un ballet sans son se jouait derrière les vitres entre des ombres solitaires qui, l'une après l'autre, tombaient dans la fosse du métro.

Assis face à elle, il la tenait dessous, enchâssée par les chevilles, dessus, baguée par les poignets. À quand remonte la dernière fois que tu… que tu… Chut, c'est privé, ça, avaient été les derniers mots.

Tout était posé, tout était dit, pâles, le regard entre deux mondes, premiers clients de cette journée, ils se taisaient comme se taisent au petit matin les amoureux rendus à la rue, avec cet air simple, cet air de rien qui ne trompe personne, ce clair défaut de sucre dans les veines encore fiévreuses.

Le garçon présenta les deux doubles crèmes, ils durent se lâcher par au-dessus, revint avec le pain, le beurre, de la confiture dans une assiette.

– Je vais encaisser tout de suite, si ça ne vous dérange pas, dit-il, la nuit est finie pour mézigue.

Elle vit qu'elle avait reçu un texto. Le lui montra aussitôt : « Vous pourriez pas lui laver son linge, à mon mari, quand il vient baiser chez vous ? »

Il releva les yeux, gros de confusion.

– Quel manque de dignité. C'est sur ton portable, en plus... Je te prie de l'excuser, vraiment...

« Il n'y a pas l'option "secret" dans ton forfait ?... Tu devrais la demander, c'est gratuit.

« Je vois bien, en même temps, ajouta-t-il en prenant le pain, c'est une manière de m'indiquer qu'elle est dans la buanderie à Paris. Je suis un peu inquiet, toujours, elle le sait, lorsqu'elle remonte la France toute seule, comme ça, de nuit...

Le garçon tournoyait inutilement dans l'allée, il ne semblait pas disposer à le régler.

– Écoute, dit-elle en reposant son sac, je vais te demander de m'offrir ce petit-déjeuner, parce que...

– Mon Dieu, fit-il en reposant le pain. Bien sûr.

– Ce n'est pas ça, dit-elle très vite, mais hier au restaurant, c'est moi qui t'ai invité et...

Son front plissa affreusement, ses yeux douloureux cherchèrent les siens, tandis que sa peau exhalait une fine acidité, il poussa tasse et couteaux pour reprendre sa main.

– Pourquoi me… Je… J'ai oublié de te remercier ?

Vite, elle attrapa une cuiller.

– Non ! dit-elle en riant, tu as juste ramassé la monnaie de l'addition !

– Non… ?

– Si. Ce n'est pas grave du tout, l'habitude de payer probablement, mais… Il était revenu quelques billets, tout de même, dans la soucoupe… Et là, moi, ce matin, je…

« Puisqu'on en parle, reprit-elle, c'est sans importance, mais… n'avais-tu pas dit : "dix euros" ?

– À quel propos, dit-il, affairé déjà entre tickets et portefeuille.

– Ton appel de la nuit…

Le front, les sourcils se contractèrent tant qu'elle se jugea exécrable, mais trop tard. Le geste suspendu, la tête basse comme pour prévenir un autre coup :

– J'ai laissé ce qu'il fallait sur la table, il me semble…, dit-il avec grande douceur. Non ?… J'ai oublié ?

– J'ai vu deux euros.

– Eh bien ?

Pour la première fois, elle se sentit moins aimée.
– Rien, dit-elle, j'ai dû mal comprendre.

L'homme à sa connaissance n'était pas de ces bêtes qui n'ont d'appétit que pour ce qui s'anime et remue sous leurs yeux, ou sont obligées, pour y porter la première dent, de faire danser un moment entre leurs pattes la matière inerte... Elle n'osait trop regarder; mais ce qu'il faisait avec la confiture, avec le pain qu'il avait préparé hors l'assiette en menus morceaux, avec la plaquette de beurre éventrée, horriblement abîmée déjà, bien que non entamée, ne pouvait que tirer l'œil.

Il y avait ce tremblement imperceptible des organes de préhension. Il y avait ces bouts de doigts gras et luisants, alors que la mie était sèche. Il y avait cette parodie de mouillettes régulièrement portées à la bouche et, in extremis, reposées. Il y avait cette gelée d'abricots étalée que, de la pointe du couteau, il revenait tracasser, agacer, tapoter, comme déçu qu'elle ne réagisse pas. Et cette manipulation complexe, où un certain nombre de petits rituels, visiblement, devaient être respectés, puis bafoués, bafoués, puis respectés tour à tour, l'occupait avec une telle intensité qu'il semblait avoir oublié sa présence.

Elle avait terminé sa dernière tartine, qu'il n'avait pas commencé.

– Tu n'as pas faim ? dit-elle doucement.

– Mais siii… Laisse-moi…, dit-il sans regard, une main en protection au-dessus de la nourriture, et, pour la deuxième fois, elle lui trouva l'air mauvais.

Il releva un œil malheureux.

« On n'a pas beaucoup dormi…, ajouta-t-il aussitôt comme par excuse.

– On n'a pas beaucoup parlé, non plus…

Réussissant soudain à attraper un morceau, il l'avala presque sans mâcher.

– C'est vrai, fit-il, le sourcil en l'air, d'un ton de constat.

Mais il n'y était plus. Reculé en fond de chaise, comme si le son de la voix humaine l'avait libéré, il enchaînait les bouchées, à présent, mécaniquement.

– Ton premier rendez-vous est à huit heures ?

– Oui, dit-il.

– Pour moi aussi…

Elle observa la rue noire.

« J'ai hâte qu'on soit en mars. J'adore ces premiers oiseaux, pas toi… ? Et que j'm'exclame dans ton dos ! Et que j'te complimente de la glotte ! Bien à l'abri dans les branches, en plus… Ça se permet, tout à coup, de siffler comme des ouvriers au passage d'une jolie fille, c'est trop drôle…

« Comment se fait-il que tu trembles autant des mains, parfois ?

– C'est émotionnel, dit-il d'une voix atone. Dès que je t'ai vue, j'ai su que je quitterais ma femme.

– Ce n'est même pas toi qui as annulé la troisième séance ! On se plaisait, c'était fou, non ?… On s'est vus, quoi ?… Deux fois douze minutes ?… Quinze, peut-être, la deuxième fois, à cause de ton patient bizarre, là… Oh, quand j'ai appelé, le lundi, pour ne plus jamais te revoir, je me souviens, je…

« Ça ne va pas ? demanda-t-elle, effrayée par son visage.

– C'est ce que tu as dit des oiseaux. On sent tellement que c'est du vécu.

– Je reviens, dit-elle, après un œil à sa montre. Finis tranquillement.

Elle se leva, elle était déjà loin dans l'allée lorsqu'elle revint sur ses pas.

« Qu'est-ce qu'elle te reprochait, ta femme, en particulier, tu le sais ?

– De ne pas être là, même quand je suis là. D'être un poids mort.

Elle s'enfuit entre les tables, comme elle atteignait les dernières marches du petit escalier malodorant, s'élevèrent dans son sac les notes de *Stayin' Alive*.

– Allô ?

« … suis Gaëlle… femme de Noé, mademoiselle,… jour à vous. »

Grosse voix sympathique de femme qui fume.

– Oh ! s'écria Estelle très vite, entrant par erreur chez les hommes, je veux d'abord que vous sachiez que je ne suis pas du tout d'accord avec la manière dont il vous a quittée… On m'a mise à la poubelle par téléphone, aussi, en huit minutes, après quatre ans de…, ça fait mal, ça fait très, très mal, mais… – sa voix enfla sans façon –, vous me pardonnerez de vous le dire, quand on aime un homme, on ne l'affame pas sexuellement !… C'est un homme affamé, ça, madame ! Je n'ai jamais vu ça, vous entendez !… Jamais !

Un homme qui se lavait les mains au même moment leva les yeux, il les avait très noirs, leurs regards se croisèrent au fond du miroir. Estelle comme dans un rêve fit demi-tour, boucha sa seconde oreille, se dirigea vers la porte d'en face qu'elle enfonça d'un coup de pied.

« … ne sais pas si… travaillez, mademoi…, disait la voix,… sonnellement, une moyenne… cinq à six fois… semaine, à raison… deux heures chaque fois, c'est ma limite,... accepte volontiers du renfort. »

– Vous voulez dire... ?

« ... savez les gens qui se voient maigres, alors que... gros ?... gros, alors que... très maigres ?... faisons l'amour presque chaque jour, mais... l'impression, lui... que... une fois par mois. C'est dans la tête. »

Le bruit de cataracte d'une chasse d'eau éclata, tandis qu'une femme apparaissait et rejoignait les lavabos, qu'une autre disparaissait derrière la porte-tambour, elle entendit encore, par bribes hachées :

« ... va vous appeler... fois par jour,... vouloir échanger... gourmettes,... pas parce qu'il vous aime qu'il fait l'amour, Noé,... par angoisse,... z'êtes juste mieux... Lexomil... »

– Parlez plus fort, je vous en supplie, cria Estelle, je suis dans un sous-sol, je vous entends mal !

« ... avoir... coup de compassion, mademoi... pour cet homme-là,... l'œuvre... sa petite maman... »

– Enfin, maintenant qu'elle est morte... ? clama Estelle la main sur l'oreille, en jetant un œil dans la glace vers la femme en vert qui, mains tendues sous l'eau courante, paupières de caïman à la fois fermées et ouvertes, immobile, laissait couler.

« … pas morte,… amère, à Noé. Pourquoi ?… vous a dit qu'elle était morte ? »

– Et ça a pignon sur rue, ça !? hurla Estelle sous l'impact. Ça soigne… ?!

« Les autres,… bien connu, disait la voix calmement dans le lointain. Qui…, Noé ?… planqué,… parle pas, lui,… illusion,… énigme… cadenassée. »

– Combien d'années d'analyse, combien d'années il faut, pour être psy ?

« … pas… ses confrères. Lui,… vingt-deux ans et demi,… jamais arrêté. »

– Ce n'est pas vrai ! Ce n'est pas vrai, c'est parce que vous souffrez, madame, que vous me…, hoquetait Estelle.

« … pas guéris, les psy,… très malades encore, de toute façon,… jamais fini…

« … grand frustré, Noé,… redoutables, les frustrés, poursuivit la voix qui venait d'expirer longuement la fumée d'une cigarette,… sales bêtes, vraies saletés quand… s'y mettent !

« … se plaindre de vous, après-demain… mêmes termes,… pas compris,… pas aimé,… pas baisé,… pas nourri,… pas assez,… jamais assez,… sucée,… aspirée,… culpabilisée,… traitée d'oublieuse,… d'escroqueuse,… de profiteuse,… d'immorale,… d'anormale,… l'ombre de vous-même… »

D'un mur, l'autre, de long en large comme une encagée, Estelle allait et venait à grands pas, l'oreille en feu, soudain, fonçant vers le caïman contre le lavabo, elle coupa net l'eau du robinet, renifla.

– Madame ?

« … i ? »

– Nous n'avons rien à partager. Pourquoi m'appelez-vous, je vous prie ?

« … faire gagner six ans,… zelle,… solution… énigme. »

Quelques secondes de silence entre elles s'écoulèrent, tandis que, doigt sur la tempe, le caïman quittait les lieux avec fracas.

– Vous l'aimez, vous ? dit Estelle, effondrée contre le carrelage.

« … l'aime, oui, dit la voix… prends le bon,… laisse… mauvais… vous ? »

– Attendez. Attendez, je me déplace…

Elle franchit la porte-tambour, gravit les premières marches du petit escalier tournant.

« Vous m'entendez mieux, là ?

« Je vous entendais bien. »

– C'est moi qui vous entends mieux… Je sais que vous venez de perdre votre papa, madame, je partage votre peine.

« Merci. »

– J'ai une chose pas facile à vous demander, aussi, je peux ?

Elle mit sa paume devant sa bouche.

« Quand est-ce qu'il jouit, lui ? chuchota-t-elle.

« De son côté, il faut croire », dit la voix.

– Mais... quand il dit que c'est par courtoisie, générosité, en hommage à notre... notre capacité de renouvellement que...

Elle entendit l'épouse sourire avec bienveillance.

« Il nous mystifie tous, mademoiselle, lui, en premier... C'est ça, Noé... Il fait joujou..., joujou beaucoup, joujou longtemps, joujou étonnamment, mais joujou seulement, puisqu'il ne donne rien..., qu'il nous refuse la fin. »

– Et... sa semence ?

Soupir calme d'un long trait de fumée.

« Il se la garde, je pense... Quand il ne sera plus aussi radin, il la donnera, s'autorisera le plaisir... Pour nous, seulement, ça durera moins. Il faut savoir ce qu'on veut. »

– Dites-moi quelque chose de bien, madame ! Quelque chose de beau sur lui, s'il vous plaît... Je n'ai quand même pas couché toute la nuit avec un monstre !

« Attention à qui vous parlez... »

Elle l'entendit qui buvait.

« Il est plein de qualités, Noé..., reprit la voix rocailleuse.

« Notre malheur, c'est qu'il ne s'aime pas. Qu'il ne nous croit pas, ne nous entend pas, quand on lui dit qu'on l'aime... Il dit que c'est nous, mais c'est lui, qui n'aime pas... Il ne peut pas... »

En trois enjambées, Estelle atteignit le haut de l'escalier, se cacha derrière le bar.

– Oh, ça y est, je le vois, fit-elle, c'est horrible...

« Qui ? »

– Votre mari... Nous sommes à la brasserie en bas de chez moi... Noon... Je sais plus où j'suiiis... je sais plus riiieen, madaâme...

Elle pleurait plus finement, plus doucement qu'une souris seule après l'expérience dans une salle de laboratoire.

« Il m'avait dit... Il m'avait diit... qu'il n'avait pas son portable, et il... et il...

« ... l'a », dit la voix.

D'Estelle, le nez rouge, les yeux sur Noé en conversation téléphonique au fond du café, plus rien n'était audible.

Autour d'elle, allaient et venaient les garçons à plateau, chuintait la pression pour l'eau chaude et le lait, perdurait l'état du monde dont, au fond du gros coquillage collé à son oreille, elle semblait écouter la rumeur.

Il n'y bruissait que le vent et les âmes quand, brusquement :

« Faites pas comme lui, dit la voix. Quittez-le de face. »

VI

Elle devait être très blanche car il devint très rouge, quelque chose comme ah,... m'inquiétais... premier patient... quinze minutes... te joindre... se bousculait sur ses lèvres, tandis que, trop près, ventre contre la table, elle le surplombait de toute sa taille. Si, comme instinctivement on le fait pour un petit enfant – se mettre à sa hauteur, adopter la même position, régler sa respiration sur la sienne, parler comme lui d'une voix plus rapide, un peu plus aiguë, un peu essoufflée –, si, du message pacifique qu'on voulait faire passer, ces multiples signaux étaient la traduction première, alors c'était la guerre. Il se brisait la nuque à tenter de croiser son regard, tirait son bras pour qu'elle vienne plus bas, elle était mécontente, elle regardait l'horizon comme un empereur, elle refusait de s'asseoir... La femme en colère se tait toujours, d'abord... On a le temps de passer par tous les états de la terreur... On ne sait par où, ni comment ça va éclater, si ce sera en mots, si ce sera en cris, si ce sera en coups...

– C'est ta bonne conscience d'homme neuf et libéré qui te fait bégayer ? dit-elle.

Plus que soucieux, il tendit une main.

– Qu'est-ce… Qu'est-ce que… ?

Elle recula.

– Dans le cortège des mecs dangereux, on te situe où, toi ? Entre les chafouins, les tortueux, les escobars, les prédateurs, les gigolos, les butineurs… Fais tes excuses.

À ce mot, il s'aligna, réprima un petit rire sec.

– Tu as fumé, ou quoi… ?

« Des excuses… ? Des excuses pour quoi ? ajouta-t-il, désengagé.

Grondé à nouveau, rabroué à nouveau, de quelle maladresse encore s'était-il rendu coupable, accablé, il renonça à comprendre.

Il consulta sa montre, regarda vers la rue, s'apprêtait à se lever lorsque, de son sac, elle sortit un papier, s'assit lourdement, le déplia.

Mou, gris, élimé aux angles, troué au milieu, couvert d'une écriture à l'encre délavée, le papier tremblotait entre ses doigts aux ongles rouges.

Elle lut tout haut :

– « Je ne suis pas fière, mais c'est ainsi. On ne peut pas toujours prendre les choses avec grandeur. Tout à l'heure, au téléphone, alors que tu allais commencer à faire l'amour, les dix-sept fois, c'était moi. Je n'ai pas eu de chance. Je sortais d'un dîner. J'ai voulu revenir à pied. La fenêtre de cette chambre dont j'ai moi-même aspiré la poussière, moi-même arrangé la disposition des meubles, était illuminée. J'y dormais moi-même hier encore, sous cette couette en plume d'oie que j'adore. Dans la chambre, je t'ai vu, cul nu et tee-shirt blanc pour la nuit, être rejoint. Tandis qu'elle passait à la salle de bains, sans doute, car elle était encore habillée de noir, tu as ouvert la fenêtre, fermé les volets. J'étais là, dans l'obscurité, derrière une grande poubelle, je suis partie. Voilà. Je te demande pardon. Je n'ai pas supporté. »

« Voilà, répéta-t-elle comme si, de ce qui venait d'être lu, il était le destinataire. Ça a deux ans, ça a jamais été donné...

Le papier sembla se refermer de soi-même, par la force de ses vieux plis.

« J'ai été jetée, le lendemain, comme tu as jeté ta femme, par téléphone, en huit minutes... Et puis j'ai... Enfin, j'ai... Deux mois après, j'ai développé une... une...

Le bord des paupières devint violacé, à pleine paume elle remonta son nez, s'essuya sur son jean, tandis que, ne sachant où regarder, par contenance entre le pouce et l'index il sculptait un mini-phallus en mie de pain.

« Je ne sais pas... continua-t-elle, on dit que... qu'on ne rencontre jamais, dans l'existence, que ceux qui vont nous permettre de guérir nos plaies...

Le ton était dangereusement lent.

« Je suis venu faire quoi, moi, dans ta vie ?

« Tu es venu faire quoi, toi, dans la mienne ?

« Eh, le psy ?! Hou ! Hou ! J'te parle !...

« Pas un instant tu ne t'es demandé pourquoi j'avais pris rendez-vous à ton cabinet... ? Pourquoi j'avais besoin d'aide ?

« Et... je devrais... je devrais aujourd'hui, moi, être la complice de ce meurtre ?! dit-elle encore d'une voix qui sembla sourdre du ventre de la terre, et le mot meurtre, un vomissement.

« Y en a marre de vous, à la fin ! hurla-t-elle sans transition, partant, bras levés à la renverse, comme un chimpanzé scandalisé... On veut bien essayer un moment de vous comprendre, mais ça suffit... ! Ça suffit... ! Ça suffit maintenant ! Ça fait trois millions d'années que... vous nous brouillez le discernement ! Parce que... Y a ce que vous nous faites, et puis... Y a ce que vous êtes ! Et... ce que vous êtes, c'est pas ce que vous nous faites ! Y a bon, ce que vous nous faites, gueulait-elle, y a bon !... Mais ce que vous êtes... ? C'est que des sales bêtes, non ?... Non ? Et y en a... Y en a... ils ne savent même pas QUI ils sont..., ils ne savent même pas OÙ ils vont..., mais ils font ! ils font ! Ils font aussi, ceux-là ! Et ça, pas bon, ça !... Pas bon du tout, ça !...

Un peu plus loin derrière le bar, le patron, le staff des quatre garçons étaient rangés en ligne.

Main sur l'oreille en forme de téléphone, l'air interrogateur, le patron fixait Noé.

Noé fit « non » de la tête.

« ...parce que, continuait-elle, quoi que vous nous fassiez, là... là, tu vois ! – elle s'était saisie du gros index oisif qui traînait sur la table, le tirait vers son ventre –, quoi que vous nous fassiez, là... c'est comme ça, nous, on est o-bli-gées de vous aimer ! Si un connard, si un salopard, si un nazi nous fait quelque chose, là... là, tu vois !... même ce connard, même ce salopard, même ce nazi, on l'aimera ! Si le bout d'un bâton venait nous parler, là..., même ce bout de bâton, même ce souvenir de bâton, on l'aimerait !... Est-ce que tu saisis, le psy, j'te parle du Çaa ?!... C'est ÇA, qui aime... ! C'est pas nous..., ÇA..., là..., tout seul, sans nous... sans nous, sans nous...

Ses pleurs étaient tels que du fond de la salle, inquiet, un grand chien-loup accourut.

« Ça porte un nom d'ailleurs, reprit-elle en reniflant, c'est connu, ça s'appelle le... le...

– Le vice, dit Noé.

– Mais noon ! s'écria-t-elle exaspérée, et il regretta bien d'avoir voulu l'aider. C'est arrivé en Suède... C'est le... le...

– Le syndrome de Stockholm... ? risqua Noé.

– Oui, je crois, dit-elle.

Et, dans un long soupir, d'un coup, son buste se replia sur la table.

Tandis que, sac béant sur ses cuisses, elle entreprenait de remettre dans son portefeuille le papier trempé, tandis que, bouleversé, il apercevait entre deux transparents de plastique une carte de l'Institut Curie à son nom, comme à soi-même, pleurant en continu, elle marmonnait.

« Elle est sourde... muette... aveugle, elle est dans le noir... elle sait rien, elle comprend rien, mais comment elle sent, cette chose-là, je te dis pas... Elle est plus sensible, plus sensitive, plus émotive qu'une flaque d'eau douce... Elle est archipeureuse, archisauvage, archi-impressionnable... Vous arrivez là-dedans, *avec notre accord*, forcément, elle se laisse amadouer... Elle vient, elle vient, elle se méfie pas, elle a confiance, elle est là, elle se donne, elle se redonne, elle se re-re-donne et... schlaaac ! comme au bébé phoque...

« Difficile, pour cette chose-là, de comprendre que ce qu'on lui a fait croire pour qu'elle se détende, pour qu'elle vienne, pour qu'elle se donne, c'était juste pour la voir venir...

« Difficile quand on est gentille, sans défense, dans le noir mais totalement confiante, de comprendre que c'est fini, personne ne viendra plus dire bonsoir... Fini, ce petit langage inventé à deux, jour après jour, par petits coups complices... Ce petit langage auquel elle avait commencé à s'habituer... À s'habituer, et à répondre... À répondre, et à répondre bien, même...

Elle pleurait tant que ses larmes mêlées à la morve entretenaient au bout de son nez un fil translucide où la lumière montait et descendait.

« Difficile, quand on est aussi lente à comprendre qu'on est lente à venir, de ne pas être lente, aussi, à se reprendre...

« Difficile, quand on a été célébrée des années comme une princesse, d'être renvoyée à la rue... en dix minutes... avec prière... ordre... ordre du jour au lendemain... de plus bouger, plus parler, plus téléphoner, plus écrire... Ordre de crever... sans bruit... dans la dignité...

« Difficile, quand on assure le plaisir, qu'on est la vraie richesse du monde, d'être traitée comme mauvaise terre, d'être trahie, tout le temps, de recevoir des chocs, tout le temps, qui font des lésions irréversibles...

« Mais qu'est-ce que c'est, poursuivait-elle animée comme la mer d'un souffle croissant à mesure qu'il renaissait de son souffle – et sa voix devenait plus rauque et dérangeante qu'une voix de poivrote –, qu'est-ce que c'est que ces meurtriers de nos âmes, ces bouchers qui jouent les communiants les yeux au ciel, une main sur le cœur et leur queue dans l'autre ?!

« ...Vos mères vous ont peut-être dit qu'il fallait se coiffer avant de sortir, elles n'ont pas dit qu'un amour qui passe comme passe la saison du rut n'était pas de l'amour !...

« Elles n'ont pas dit qu'une femme n'était pas sur la terre juste pour être désirable…, qu'une femme ne pouvait pas être conduite indéfiniment aux extrêmes de la jouissance sans que ce soit un risque pour son âme !…

« Elles n'ont pas dit, lorsque vous aurez eu le droit, et l'honneur !! braillait-elle, de toucher à ce qu'une femme a de plus innocent qu'il fallait, quand vous n'en voudriez plus, prendre la peine de lui expliquer gentiment, aussi longtemps qu'elle ne comprendrait pas, pourquoi son cul, le même qui avait convenu pendant des années, maintenant ne convenait plus… Que cette seule petite marque d'attention, cet accompagnement le temps du sevrage de son ventre, j'ai dit son ventre !! hurla-t-elle, surprenant Noé qui sursauta…, que cette seule petite marque d'attention avait le pouvoir merveilleux de maintenir le niveau de la souffrance au-dessus du niveau du caniveau…

« Elles n'ont pas dit, si vous voyiez qu'une femme, encore normale vingt-quatre heures avant, criait dans la rue pire qu'une bête fauve, elles n'ont pas dit qu'il fallait vous demander, peut-être, si vous lui aviez tout bien expliqué… Si, pour que s'ouvre une brèche pareille dans sa personnalité, pour qu'il y ait une telle descente en chute libre, vous n'auriez pas, par hasard, commis une petite erreur, vous n'auriez pas eu par exemple un comportement de sniper, un comportement lapidaire, un comportement de tueur…

« Elles n'ont pas dit… qu'on ne touchait pas… impunément… à une femme… On ne touche pas… on ne touche pas à une femme… impunément… On ne s'en va pas : on prend congé, nuance… On laisse le temps… d'élaborer… On laisse la possibilité… d'une réaction… On laisse le temps de la récupération…, du sevrage des habitudes…, dans la dignité… On fait ça proprement… On n'accepte pas de la voir nue, six heures avant… On lui fait ses excuses si, la veille encore, on l'a baisée… On est clair dans sa tête… On met un vêtement… On organise un rendez-vous formel… On la voit, dans un café, devant une table… On lui annonce sa décision… en face !! On lui serre la main, comme au tennis… comme au tennis… ! On ne la massacre pas, juste… parce que, juste, elle a déçu…, pas correspondu… plus convenu… plus plu… plus plu… plus plu… »

C'est du cuir noir, du cuir noir sur du bleu foncé, le cuir noir d'un gourdin, que ses pupilles entre des paupières tellement grosses, tellement gonflées qu'elle pouvait à peine les entr'ouvrir, aperçurent en premier, puis une braguette, des boutons argentés, puis des poches, puis un cou rasé de près, puis la bouche d'un policier, qui remuait, qui disait :

– Veuillez vous lever, madame, s'il vous plaît... Veuillez nous accompagner dans le calme.

Estelle, lentement, tourna les yeux vers Noé. Il était là, de l'autre côté de la table.

Elle tremblait de tout son être. Lui, au contraire, plus du tout. Il était l'autre. Il disait :

– Ce n'est rien, tu es un peu délirante, c'est un petit épisode délirant que tu fais, mais ça va aller. Il faut que tu voies quelqu'un très rapidement, tu as raison... Un psychiatre, d'ailleurs, plutôt qu'un analyste, serait plus adapté pour toi, il me semble...

« Je ne sais pas qui est le salaud qui t'a démolie comme ça, il est clair que c'est à lui, depuis le début, que tu t'adresses, je n'ai rien à voir avec ça, moi... Tu viens de faire un boulot magnifique, là, déjà, Estelle... Tu en es consciente, j'espère... Magnifique, vraiment... Il faut que tu puisses te reposer, maintenant... Je prendrai de tes nouvelles cet après-midi, tu veux ?... Je t'appellerai tout à l'heure.

– C'est votre sac, là, madame ? demanda le deuxième policier. Allez, on vous le prend... Vous pouvez marcher ?

« Allez ! On fait un effort, on se lève !

« Appuyez-vous... Appuyez-vous sur mon bras, là, madame, vous pouvez y aller. Il est solide.

Marie (Raphaële) Billetdoux dans Le Livre de Poche

RAPHAËLE BILLETDOUX

Mes nuits sont plus belles que vos jours n° 6318

Un homme, une femme, un hôtel, les draps d'un lit, la chaleur d'un mois de juillet, la lune et la mer : avec ces seuls éléments, Raphaële Billetdoux construit son roman qui a la rigueur d'une tragédie antique, où trois nuits sont toute une vie. *Mes nuits sont plus belles que vos jours* est le roman d'une rencontre. Toute rencontre est un risque ; à la première minute, aux premiers mots échangés, l'histoire, déjà est en marche. Chez Raphaële Billetdoux, violence et sensualité se confondent dans ce style qui est le sien, tout en couleurs et en éblouissements. Ce livre a reçu le prix Renaudot 1985.

MARIE BILLETDOUX

Un peu de désir, sinon je meurs n° 31180

Un peu de désir sinon je meurs est une lettre de l'auteur à son éditeur, dans toute la crudité de son désarroi d'écrivain : impossibilité d'écrire, difficulté de vivre après la mort de

Paul, l'homme aimé, journaliste politique reconnu. « Née à la littérature et à l'amour d'un même souffle », Raphaële avait dix-neuf ans quand ils se rencontrèrent... Chacun vivait séparément, mais pas l'autre. Face au silence de son éditeur, à l'indifférence et à l'oubli de tous, à son insu, l'écriture revient... D'une langue lumineuse, musicale, puissante, elle tire le fil d'une liaison amoureuse hors du commun, qui connaît la grâce d'un enfant. Histoire de deux vies, faites d'écriture et d'amour. Mais « Raphaële est morte à elle-même ». Elle nous demande de l'appeler, de son premier prénom, Marie.

Du même auteur :

Aux Éditions Albin Michel

DE L'AIR, roman, 2001, et Le Livre de Poche.
UN PEU DE DÉSIR, SINON JE MEURS, récit, 2006, et Le Livre de Poche.

Chez d'autres éditeurs

JEUNE FILLE EN SILENCE, Seuil, 1971, et réédition 2007.
L'OUVERTURE DES BRAS DE L'HOMME, Seuil, 1973, et réédition 2006.
PRENDS GARDE À LA DOUCEUR DES CHOSES, prix Interallié, Seuil, 1976, et réédition 2006.
LETTRE D'EXCUSE, Seuil, 1981, et réédition 2007.
MES NUITS SONT PLUS BELLES QUE VOS JOURS, prix Renaudot, Grasset, 1985, rééd. Stock, 2010, et Le Livre de Poche.
ENTREZ ET FERMEZ LA PORTE, Grasset, 1991, et Le Livre de Poche.
MÉLANIE DANS UN VENT TERRIBLE, Grasset, 1994, et Le Livre de Poche.
CHÈRE MADAME MA FILLE CADETTE, récit, Grasset, 1997, rééd. Stock, 2010, et Le Livre de Poche.
JE FRÉMIS EN LE RACONTANT, *Horresco referens*, essai, Plon, 2000.
C'EST ENCORE MOI QUI VOUS ÉCRIS, Stock, 2010.

Long métrage - DVD

LA FEMME-ENFANT, 1979, sélection « Un certain regard », Cannes 1980, LCJ Éditions, 2007.

Le Livre de Poche www.livredepoche.com

- le **catalogue** en ligne et les dernières parutions
- des **suggestions de lecture** par des libraires
- une **actualité éditoriale permanente** : interviews d'auteurs, extraits audio et vidéo, dépêches…
- **votre carnet de lecture** personnalisable
- des **espaces professionnels** dédiés aux journalistes, aux enseignants et aux documentalistes

Composition réalisée par IGS-CP

Achevé d'imprimer en octobre 2009 en Espagne par
LITOGRAFIA ROSÉS S.A.
08850 Gavá
Dépôt légal 1re publication : novembre 2009
LIBRAIRIE GÉNÉRALE FRANÇAISE - 31, rue de Fleurus - 75278 Paris Cedex 06

31/2462/5